KB120358

멀리서 보기

시·그림 이한나

여기 한 소녀 시인이
있습니다

때 없이 깨끗하고
녹슮 없이 보배로우며
어둠 없이 밝고
흐림 없이 맑으며
세속과 구별된 지혜로
시를 쓰고
시를 그린 시인입니다

숲과 같은 마음으로
시의 숲을 이루었고
직접 그린 시화로
시의 의미와
아름다움을 입혔기에
더욱더 이채롭습니다

그러므로
이한나 시인의
청정시를 읊조리며
시의 숲을 산책하노라면
시인의 숨결을
느낄 수가 있습니다

따라서
순수무잡하고
순결무흠하며
순진무구함에 빠져들면서
시인의 시적 행복을
공유할 수 있음과 동시에
시에 담긴 평화를
경험하게 될 것입니다

그러기에
참으로 귀한 시집이
탄생하게 된 것을 환영하며
적극적으로 추천하는 바입니다
이한나 시인의 시집을!

2022년 여름
시인 이현수

Part 1 믿음

시련 14

진주 16

Crucible 18

그런 사람이 되었으면 24

짧은 시 26

멀리서 보기 28

여백 30

아름답게 늙는다는 것은 32

왜 이제야 하늘을 보느냐고 물으면 34

자라는 시간 36

고향집으로 가는 길 42

Sun and Moon 44

진정한 자유 48

걱정이 없습니다 50

가난한 과부의 헌금 52

겸손 54

맑아도 흐려도 56

밤의 교향곡 60

모두 다 감사합니다 62

밑줄 66

Part 2 소망

별보다 태양보다 70

사랑이 가득한 마을 72

꽃 같은 인생 74

풍요의 새 76

별꽃 78

눈보다 하얀 것 80

가을 무도회 82

우물 84

사막에서 86

낙화암 90

안정 94

겨울밤 96

비 오는 날 98

엉뚱한 나무 100

밤을 먹는 소년 102

풋사과 104

나는 작아서 좋아 106

잠이 안 오는 날 108

시곗바늘 110

기발한 생각 112

천국 멋쟁이 114

Holy City 116

둥근 지구는 방울 120

Part
3 사랑

하트 124

하얀 맹세 126

너를 위한 꽃다발 129

바쁜 하루 130

바위 같은 마음 132

종이비행기 134

후회 138

Unconsciousness 140

사탕 바구니 144

눈동자 146

나무의 사랑 148

모랫길과 바다 150

친구야 152

내 편 154

어머니의 기다림 156

아버지의 별 158

기억 보내기 160

사랑은 계속 고픈 것이라 164

Part
1

믿음

시련

두려워서 외면했던 너의 얼굴
피하기만 했었던 너의 그림자

너무나 버거웠던 너의 존재와
깊이를 알 수 없는 네 목소리

하지만 이 짧은 삶이라는 것이
너라는 수많은 문들의 연속이라

미성숙한 패기로 넘기려 해도
내 앞길 계속 막는 미운 너를

이제는 앞에서 바로 마주하고
나는 널 두 팔로 껴안을 거야

원래 한 몸이었듯이 꼬옥 안고서
너를 품고 함께 나아갈 거야

진주

짭짤하고 탁한 바닷물 속
깊이 숨어 있는 조개 하나

그리고 조개를 위협하는
모래 알갱이와 불순물들

그런 작은 상처들을 받아들여
내버리지 않고 품고만 있다가

마침내 입을 벌리고 웃을 때
그 상처들에 대해 이야기해도
더 이상 마음 아프지 않을 때

그것들은 진주가 되어서
조개를 더욱 빛내 주었다

Crucible

An Alchemist's magic pot was filled
With the tears of distress.
But in patience, His wish was fulfilled
As he had made progress.

The Alchemist of hope never gave up.
He had neither vanity nor complain.
"My heart will be a lovely cup
Altho' it holds but pain." *

His magic pot is now full
Of living gold
Like a lemon verbena scentful
In a deserted wold.

도가니

연금술사의 마법의 솥 안에는
고통의 눈물이 담겨 있었지만
그가 인내하며 전진하자
그의 소망은 이루어졌다

희망의 연금술사는 포기하지 않았다
자만하지도 않고 불평하지도 않으며 말했다
"내 마음은 고통만을 담고 있지만
사랑스러운 잔이 될거야" *

이제 그의 마법의 솥은
버려진 삭막한 고원의
향기로운 레몬 버베나 같은
반짝이는 황금으로 가득하다

* 사라 티즈데일의 시 〈Alchemy(연금술)〉에서 부분 발췌

〈Crucible(도가니)〉은 대학에 다닐 때 과제로 썼던 시입니다. 영시의 한 구절을 인용해 자신의 시를 쓰는 과제였습니다. 사라 티즈데일은 〈Alchemy(연금술)〉라는 시에서 그녀의 마음은 슬픔의 술을 빛나는 금으로 바꾸는 사랑스러운 잔이 될 것이라고 말합니다.

　Crucible은 도가니라는 뜻으로 호된 시련이라는 의미도 내포하고 있습니다. 시련의 도가니에 빠지면 고통스럽지만 그것은 더 나은 나로 다듬어지는 과정이 될 수 있습니다. 뜨거운 도가니 안에서 인내하고 노력하면 좋은 결과가 있을 것입니다. 시련을 통해 고통과 슬픔을 아름답고 향기로운 것으로 만드는 희망의 연금술사가 되길 소망해 봅니다.

그런 사람이 되었으면

이른 새벽에 잠에서 깨려는 들풀을 적셔 주는
아침이슬 같은
그런 사람이 되었으면

어둠 속에서 자신을 태워 주위를 밝혀 주는
장막촛불 같은
그런 사람이 되었으면

묵묵히 자기 자리를 지키며 쉼터를 제공하는
생명나무 같은
그런 사람이 되었으면

순수하고 해맑은 웃음으로 기쁨을 선사하는
어린아이 같은
그런 사람이 되었으면

나를 사랑하는 그분의 마음을 알고
나도 나를 사랑하는
그런 사람이 되었으면

짧은 시

사계절로 이루어진 인생 속에서
이십 대의 나는 봄철 속에 있다

인생의 여름, 가을, 그리고 겨울도 아직 겪지 못했기에
인생의 고난이란 꽃샘추위밖에는 경험해 보지 못한 내가
어떻게 인생의 나머지 계절에 대한 시를 쓸 수 있겠는가

여름이 오면 봄철의 향긋한 꽃내음을 추억하고
가을이 오면 여름의 푸릇한 세상을 기억해 내고

노년의 겨울엔 헐벗은 나뭇가지 하나를 주워다가
이 모든 계절들을 눈 위에 그려 보며 그리워하겠지

겪어 본 일들이 많다면야 내 시도 길어지겠지만
아직 봄을 벗어나 본 적 없는 어리숙한 나는
계속 짧은 시들만 써 내려간다

멀리서 보기

밤거리를 걷다 보면 눈부신 건물 불빛들이 보여요
그러나 때로는 산 위에서 멀리 도시를 쳐다보세요
은은한 빛들로 더욱 아름다운 야경을 볼 수 있어요

교실에 들어가 보면 예쁘게 웃는 내 아이가 보여요
그러나 때로는 멀리서 다른 아이들도 바라보세요
그들과 어울리는 내 아이가 더 예쁘게 보일 거예요

서점에 들어가면 필요한 참고서들이 많이 보여요
그러나 때로는 눈을 들어 서점을 크게 둘러보세요
시야를 더욱 넓혀 줄 수많은 책들도 보일 거예요

꽃집에 들어가면 예쁘게 꽃꽂이 된 꽃들이 보여요
그러나 때로는 하늘 아래서 꽃밭을 거닐어 보세요
햇빛 받아 더 아름답게 빛나는 꽃들을 볼 수 있어요

언제나 가까이서 바라보는 일상에 지쳐 있을 때는
'멀리서 보기'를 실천해 세상을 크게 바라보세요
그때 세상이 더 아름답고 기쁘게 느껴질 거예요

여백

여백은 없다
흰 종이에 남아 있는 여백도
사실은 하얗게 채워져 있다

감정은 있다
감정이 없는 것이 아니라
모두 꼭꼭 숨기는 것이다
혹여 네게 상처를 줄까 봐
마음을 다 비우는 것이다

존재감이 옅은 사람은
없어야 될 사람이 아니라
듣는 귀만을 가지고서
다른 맘 헤아리는 것이다

여백의 미(美)란
없어짐의 미가 아니라
비워짐의 미이다

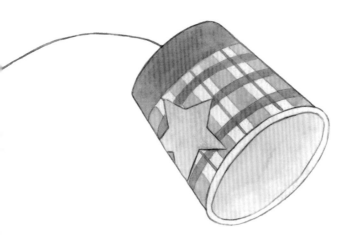

아름답게 늙는다는 것은

아름답게 늙는다는 것은
이웃을 위해 흘린 눈물로 강물을 이루는 것이고
연인을 위해 심은 꽃들로 꽃밭을 이루는 것이다

아름답게 늙는다는 것은
부모를 위해 지은 시들로 노래를 만드는 것이고
자녀를 위해 뿌린 씨들로 열매를 만드는 것이다

아름답게 늙는다는 것은
자신을 위해 꿋꿋한 소신을 품으며 사는 것이고
주님을 위해 굳건한 소명을 다하며 사는 것이다

아름답게 늙었다는 것은 인생을 돌아보았을 때
최상의 것을 이루어 내고 최선의 것을 만들어 내며
인생 캔버스에 아름다운 자신을 담아내는 것이며
나의 달려갈 길을 잘 마쳤다고 고백하는 것이다

왜 이제야 하늘을 보느냐고 물으면

이른 봄의 소녀와
낮게 옹기종기 핀 땅 위의 노란 개나리

한여름의 처녀와
폭포 같은 검은 머리 사이의 붉은 장미

가을의 어머니와
때때로 삶의 끝을 마주하는 하얀 국화

겨울의 할머니와
물감 섞인 팔레트 같은 다채로운 하늘

왜 이제야 하늘을 보느냐고 물으면
낮의 해와 밤의 도시 불빛에 가리어져
전엔 보이지도 않던 저 높은 별들이
땅 위의 색색 꽃들보다 더 아름답다더라

흐려진 눈을 감고 마음으로 바라보니
향기도 풍기지 않는 저 높은 별들이
향긋한 내음 꽃들보다 더 아름답다더라

자라는 시간

당신이 주먹을 꽉 쥐고 태어날 때
같이 세상에 눈뜨고 들어온 그것은
당신이 걸음을 막 시작하던 때에
옆에서 한 발짝씩 함께 내딛는다

소녀 시절에 짧은 다리를 움직여서
놀라운 땅을 여기저기 뛰어다닐 때
그것은 당신과 단거리 경주를 하듯
한 해의 숲을 단숨에 헤쳐 달려간다

성년이 되어 이제 늦췄으면 하지만
여전히 당신 곁에 함께하던 그것이
자신의 길어진 양쪽 팔을 뻗어 내어
당신을 잡고 여러 해를 바삐 이끈다

중년에 정신없이 바쁘게 지내다가
그것도 지쳤겠지 싶어 잠시 쉬지만
저 앞서 질주하는 그 모습을 보면
당신도 어쩔 수 없이 발을 놀린다

노년에 살구나무 꽃처럼 백발인 채
당신은 현실 속에 안주하려 하지만
나이 든 그것은 당신을 애써 일으켜
조금만 더 나아가자고 격려해 준다

인생의 마지막 순간을 보내기 전
당신과 함께 같이 자라온 그것을
당신은 인생의 의문부호를 지워 준
'시간'이란 이름의 친구로 삼는다

처음에 뒤처지다가 나중에 앞서고
천천히 걷다가 바쁘게 달리면서도
당신 곁을 떠나지 않았던 그것은
'시간'이란 이름의 인생 길벗 친구다

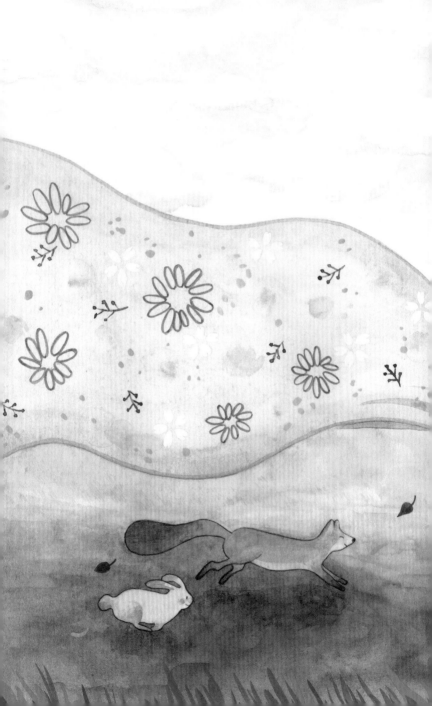

시간이 십 대에는 시속 10km로 가고 이십 대에는 20km, 삼십 대에는 30km, 사십 대에는 40km로 간다는 말이 있습니다. 처음에 아장아장 걷던 시간은 제가 어린 소녀가 되어 호기심을 품고 세상을 뛰어다닐 때 저를 따라잡기 위해 헐레벌떡 뒤쫓아오던 친구였습니다. 매일 새로운 내일을 기대하는 저에게 한없이 느리게 흘러가던 시간은 조금 미운 친구였습니다.

이십 대가 된 후에는 준비하지 못한 미래가 오는 것에 대해 초조한 마음이 생길 때가 가끔 있습니다. 이제는 걱정 없는 어린 소녀로 남아 있고 싶지만 시간이 제 손을 잡고 더 빨리 뛰자고 말합니다. 저와 같이 성장한 그 친구는 지금은 저를 앞서고 있습니다.

정신없이 그를 뒤쫓아 달리다 보면 어느새 저는 중년이 되고 노년이 되어 걸을 힘이 없어져도 시간은 계속 흘러가겠지요. 모든 사람에게는 천천히 걷다가 빠르게 달리면서도 그들의 곁을 떠나지 않는 '시간'이라는 인생 길벗 친구가 있는 것 같습니다. 짧다면 짧고 길다면 길다고 할 수 있는 삶 동안에 그 친구를 소중히 여기고 싶습니다.

고향집으로 가는 길

떠나온 날을 추억하게 하는 고향집으로 가는 길
아기 때 작은 몸뚱이가 엄마 등에 엎혀 가던 길
하교 후 친구와의 수다로 시간이 빨리 갈 때는
그 길이 조금 더 길었으면 하고 바라기도 했다

소중했던 옛 친구와 헤어지기 싫은 마음으로
빙빙 돌아가며 애써 외면하려고 했던 길이지만
어느 순간부터 그 영상은 눈에서 점점 멀어지고
뚜렷했던 길목은 기억 속에 흐려지기 시작했다

철없던 시절에 권태감을 가지고 걸었던 그 길이
지금은 아쉬움을 안고도 가기 쉽지 않게 되었다
젊었던 시절에 서러움을 품고서 걸었던 그 길이
지금은 그리움을 품고도 갈 수가 없게 되었다

43

Sun and Moon

You are the Sun and I am the Moon.

You give the light to light up for the world.

I am the Moon and you are the Sun.

I take the light to fight up against the wall.

If you did not exist, I would not shine.

If I would not shine, how beautiful I'd be.

Your light never fades away till the end

And my life ever shines on way until I die.

해와 달

당신은 해님이고 저는 달이에요
당신은 세상을 밝게 하려고 빛을 주어요
저는 달이고 당신은 해님이에요
저는 장벽에 맞서 싸우려고 빛을 받아요

당신이 없었다면 저는 빛나지 않았을 것이며
제가 빛나지 않았다면 어떻게 아름답게 될까요
당신의 빛은 끝 날까지 영원히 사라지지 않고
제 삶은 죽을 때까지 계속해서 찬란하겠지요

진정한 자유

모든 곳에서 무엇이든지 되어
귓가를 울리고 피부를 스치는
다채로운 형태의 바람 소리는
달리는 자유 한 조각의 숨소리

날개와 다리 없는 야생의 바람아
내가 이 땅에 두 발 붙여 있어도
이곳에서 진심으로 감사하는 것은

내 영혼이 이곳보다 넓은 곳에서
더욱 높이 날 수 있기 때문이고
더 좋은 세상을 누리기 때문이다

꿈과 희망과 열정이 있는 영혼은
모든 곳에서 무엇이든지 되어
바람보다 더한 자유를 즐기며
아름다운 세상을 넓게 누비리라

걱정이 없습니다

인생이란 나그네 길을 걸을 때
내가 이미 다 가진 줄 알고서
주님 필요한 줄 모르고 갑니다

넓은 길 걸을 때는 잘 몰랐고
험한 길 처음 만나도 몰랐지만
갈수록 걷는 힘은 줄어드는데
아직도 거친 길 위에 있습니다

두 무릎 꿇고 말씀 읽어 봅니다
나는 지금 은혜 충전 중입니다
두 팔 들고 손 모아 기도합니다
나는 지금 사랑 충전 중입니다

길은 아직도 거칠고 험하지만
은혜와 사랑이 충만한 내 영혼은
다시 힘차게 걸을 수 있습니다

주님의 끝없는 은혜와 사랑을
나는 마음껏 충전할 수 있으니
이제는 더 이상 걱정이 없습니다

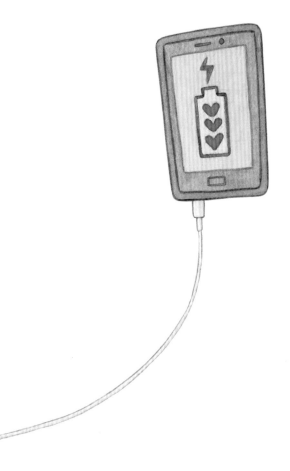

가난한 과부의 헌금 *

많이 가진 자는 많이 보이네
그것이 그렇게 적게 보였던가

적게 가진 자는 적게 보이네
그것이 그렇게 많게 보였던가

주님만이 속을 보시네
마음이 함께한 것에
어느 누가 감동하지 못할까

적은 것이 많은 것보다
더 풍족하다는 것을
어느 누가 모를까

* 성경 마가복음 12장 41-44절

겸손

작은 겨자씨 하나와 울창한 수풀을
어떻게 비교하리오

작은 빗방울 하나로 드넓은 바다를
어떻게 상상하리오

희미한 양초 하나가 찬란한 태양을
어떻게 흉내내리오

좁은 밤하늘 하나로 거대한 우주를
어떻게 가늠하리오

연약한 사람 하나가 위대한 주님을
어떻게 다 알리오

주님의 뜻에 항상 순종하게 하소서
일부만 보고 전부라고 하지 않도록

맑아도 흐려도

맑은 날 햇빛 받은 형형색색의 꽃들은
단단한 땅 위에 피어난 어여쁜 무지개

비 온 뒤 떠오른 오색찬란한 무지개는
투명한 하늘에 펼쳐진 아름다운 꽃밭

화창한 날에는 무지갯빛 꽃들을 품에 안고
비 오는 날에는 꽃길 걸을 미래를 품어 본다

해님은 머리에 눈부신 햇살 왕관을 씌워 주고
구름이 떨구는 빗방울은 작은 보석들이 된다

날이 맑아도 흐려도 삶은 언제나 아름답다

일전에 아름다운 꽃밭을 보면서 꼭 땅 위에 무지개가 뜬 것 같다는 생각을 한 적이 있습니다. 그 생각은 무지개는 하늘의 꽃밭인 것 같다는 생각으로 이어졌습니다. 맑은 날에 햇빛을 받아 생기가 넘치는 꽃들을 보면 얼굴에 환한 미소꽃이 피고 비가 온 뒤 젖은 하늘에 걸친 무지개를 바라볼 때는 감상에 젖게 됩니다.

　가까운 땅 위에 핀 꽃들은 제게 웃음을 주고 먼 하늘에 펼쳐진 무지개를 볼 때는 신비로운 자연에 감탄하는 제가 있습니다. 날이 맑아도 흐려도 감사거리는 언제나 넘쳐나고 가까이 있는 것이든 멀리 있는 것이든 모두 다 각자의 아름다움이 있습니다. 그래서 기쁜 날에도 슬픈 날에도 눈부신 삶을 살고 싶고 가까이서 봐도 멀리서 봐도 아름다운 삶이라고 말하고 싶습니다.

밤의 교향곡

허전함을 떨쳐보려 밤하늘을 바라보면
흩어져 수놓아진 별들은 음표가 되고
은하수는 희망을 전해 주는 악단이 되어
달빛의 노래와 함께 내 맘을 달래 주네

날 위해 청아한 밤의 교향곡을 지으신
우주 악단장의 지휘의 손길에 따라 펼쳐진
밤하늘의 모든 장면이 내 맘을 위로하네

밤의 교향곡에 자세히 귀를 기울일 때
친근한 벗으로 다가오는 넓은 그림자가
어둠의 침묵 속에서 내 맘을 품어 주네

모두 다 감사합니다

차갑고 외로운 세상에서 순백색의 자태로
조금씩 커져 가는 소리 없는 작은 눈덩이

희망을 안고 은밀히 부풀어 가던 눈덩이가
꿈꾸는 바람을 만나 하늘로 높이 떠오르자
세상을 비추는 밤하늘의 달님이 되었습니다

창문 옆의 어린 소녀는 밤하늘을 바라보며
순백색의 눈꽃에게도, 친근한 바람에게도,
밤하늘의 달님에게도 모두 다 감사합니다

높은 하늘 위 너머에서 눈과 바람과 달님을
보내 주신 그분에게도 진심으로 감사합니다

이 세상을 더 좋은 곳으로 만들기 위해 은밀히 노력하는 작은 눈덩이 같은 사람들이 있습니다. 그리고 그들의 꿈을 응원하는 바람과 같은 사람들도 있습니다. 선한 꿈을 가진 사람이 든든한 조력자를 만나면 비록 지금은 작은 눈덩이일 뿐이라도 언젠가는 하늘에 떠올라 어두운 밤을 밝히는 달이 될 수 있습니다.

더 밝고 아름다운 세상을 만들기 위해 일하는 분들과 그들을 보내주신 하나님께 감사합니다. 저도 눈덩이나 바람 같은 존재가 되어 세상에 선한 영향력을 끼치는 데 일조할 수 있기를 바랍니다.

밑줄

밑줄 친 문장의 첫 단어가 근심이고
마지막 단어가 평안이라면
중간에 있는 '믿음'이란 단어에는
밑줄이 그어져 있지 않았겠는가

밑줄 친 문장의 첫 단어가 좌절이고
마지막 단어가 극복이라면
중간에 있는 '희망'이란 단어에는
밑줄이 그어져 있지 않았겠는가

밑줄 친 문장의 첫 단어가 미움이고
마지막 단어가 용서라면
중간에 있는 '사랑'이란 단어에는
밑줄이 그어져 있지 않았겠는가

밑줄 친 문장의 첫 단어가 욕심이고
마지막 단어가 기쁨이라면
중간에 있는 '나눔'이란 단어에는
밑줄이 그어져 있지 않았겠는가

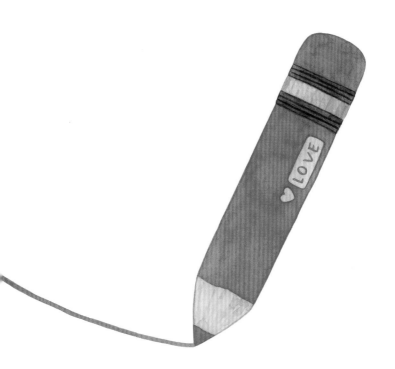

소망

별보다 태양보다

반짝반짝 빛나는 별 따라가면
별보다 빛나는 분 누워 계시고

주위 깜깜한 어두운 밤에
홀로 빛나시는 그분

별빛처럼 조용히 오셨지만
태양보다 더 밝게 빛나시네

사랑이 가득한 마을

소망이란 씨앗을 마음에 심어서
노력이란 담장을 주위에 지은 후
기도라는 양분을 날마다 공급해
사랑이란 열매가 가지에 열리면
기쁨이란 그릇에 조금씩 담아서
이웃에게 미소와 더불어 나누자

사랑이란 열매를 이웃이 베어 먹고
소망이랑 씨앗을 그들이 다시 심고
사랑이란 열매를 맺어 또 나눠 주면
사랑이 가득한 마을이 될 거야

꽃 같은 인생

씨앗일 땐 뿌리를 깊게 내리고
새싹일 땐 이파리 뽑아 올리고
때가 되면 몽우리 맺어 열리고
꽃이 필 땐 아름다움을 뽐내지만

꽃잎은 곧 지게 될 것을 알기에
꽃향기는 곧 사라질 것을 알기에
꽃송이가 고개를 다 숙이기 전에
꽃씨를 뿌려 다음을 준비하듯이

다음 대를 위해 길 열어 주는
해맑은 들꽃 인생을 살고 싶고
어두워진 세상을 환히 비추는
해밝은 불꽃 인생을 살고 싶네

풍요의 새

황홀한 목소리와 보드란 깃털과 화려한 날개로
찬란한 빛을 뿜어 뭇시선을 받는 풍요의 새는
나쁜 주인을 만나면 화려한 날개가 꺾이지만
좋은 주인을 만나면 어여쁜 면모를 나타내네

먼 곳을 응시하는 그 영롱한 눈동자를 바라볼 때
좋은 주인이라면 그것을 어찌 놓아주지 않겠는가
그것은 새장에 있기보다 푸른 하늘을 떠다니고
가지 위에 앉아서 노래할 때 더욱 아름다워지네

사람의 풍요도 이기심의 새장에 갇혀 지내기보다
기쁘게 나눠질 때 행복의 파랑새로 변하게 되네

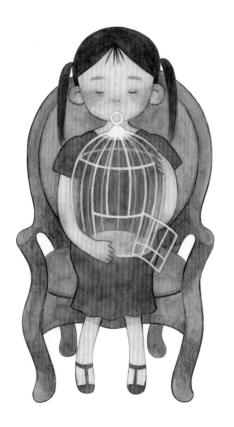

별꽃

밤하늘에 박힌 별들 중 작은 별 하나가 떨어졌다
별똥별이 떨어진 곳에서 작은 새싹 하나가 자랐다

오랜 시간이 지난 후 새싹이
어여쁜 꽃 한 송이가 되었다

꿈꾸는 그 별은 하늘에서만 빛나기보다
땅에서도 빛나고 싶었던 것은 아니었을까

지구 사람들에게 보다 더 가까이에서
기쁨을 주고 싶었던 것은 아니었을까

눈보다 하얀 것

도시 속 사람들은 바삐 걸어 다니고
눈은 많이 밟혀 거의 다 녹아 버렸네

뽀얀 얼음 구름 같은 눈이 그리워서
눈보다 하얀 것 찾으려 눈을 굴리자

엄마의 손잡고 밝게 웃는 아이 보이고
노인의 짐을 들어주는 학생이 보이고
길에 떨어진 쓰레기 줍는 청년 보이고
나뭇가지 끝에 돋아난 새싹이 보인다

눈보다 하얀 것 찾았다!
눈이 녹아도 세상은 여전히 하얗고
눈은 녹았지만 세상은 더 아름답다

가을 무도회

실바람이 불어와서 가을의 시작을 알리면
잎새들이 너도나도 색깔 있는 옷을 걸치고
경쟁하듯 살랑살랑 가지 끝에서 춤을 출 때
숫기 없어 수줍어하는 벼들은 고개를 숙여요

열매들이 얼굴을 붉히며 자기 단장에 바쁠 때
그 모습을 보고 있던 꽃들이 자갈자갈 웃자
그 소리에 조용히 나비잠 자던 아기가 깰사
바람이 아기의 귀 뒤에 들풀을 살짝 꽂아요

우물

개구리에게는 아주 넓은 세상이라지만
아이에게는 컴컴한 두려움이 박힌 곳이고
어른에게는 뜻밖의 낭만을 제공하는 곳

낮에는 그 속의 눈물이 해의 웃음을 담고
밤에는 별과 달의 미소를 담은 좁은 구멍

옛적에는 사람들의 생명의 원천이었지만
오늘날에는 시선에서 버려진 외로운 폐물

발길이 끊겨도 하늘의 한 조각을 담으며
그것만으로도 족하다는 알 수 없는 존재

보이는 것만이 다가 아니라고 웅변하는
신비롭고도 오묘한 그것의 이름은 우물

사막에서

들숨을 막는 모래바람과
더 이상 자비 없는 토지

마른 땅 적실 눈물 없고
미래가 떠나 버린 곳에서

모래 속에 파묻힌 외로운
숫양의 머리뼈가 보이네

깊이 꺼진 커다란 눈구멍
그는 이제 버려진 퇴적물

목마른 사막의 여행자에게
그의 그림자마저 요지부동

죽은 잿빛 화석으로 남을
미동 없는 조용한 뼈 조각

사막의 죽은 동물 뼈 조각들을 보면 그곳은 죽음과 가까운 곳이라는 생각이 듭니다. 한때 거대한 몸을 자랑스럽게 뽐내고 다니던 동물조차 죽은 후에는 그의 발가벗겨진 몸이 황량한 모래 바닥에서 여과 없이 드러나게 됩니다. 그런 부끄러운 모습을 가려 줄 젖은 흙이나 푸른 풀도 없습니다.

　메마른 흔적 외에 아무것도 남기지 않는 사막의 뼈 조각이 되기보다 작은 씨앗이 되어 꽃이 지고도 더 많은 생명을 낳는 존재가 되었으면 좋겠습니다. 지친 여행자에게 아무것도 줄 수 없는 잿빛 화석보다 희망을 주는 살아 있는 열매가 되었으면 좋겠습니다.

낙화암(落花岩)

하늘로 크게 펼쳐진 꽃잎이 자랑이던
아득한 옛날의 찬란했던 백합의 나라
변화되는 시대의 꿈에 발맞추지 못하고
새 이상을 꿈꾸던 날들을 뒤로 하네

꽃잎이 말라 안으로 오그라들 듯이
가녀린 두 팔 올려 두 눈을 가리며
흐르는 눈물 따라 발밑의 백마강으로
정조를 간직한 채로 흩날렸던 꽃잎들

그들은 허무하게 떨어진 꽃잎이 되어
그들의 자취는 어둠 속에 가라앉았지만
나는 민들레의 흩뿌리는 홀씨가 되어
기적의 작은 불씨들로 어둠을 밝히리라

낙화암 벼랑 끝의 굳은 소나무처럼
유연한 물줄기의 꿋꿋한 줄기를 비추고
하늘로 높이 솟아오른 가지를 바라보며
백마강 저편 너머까지 바라보리라

몇 년 전 가족 여행으로 충청남도에 있는 부소산성을 방문했습니다. 부소산성의 꼭대기에 낙화암이라는 바위가 있었고 그 아래에는 백마강이 펼쳐져 있었습니다. 저는 그곳에 있는 한 팻말에서 바위에 낙화암이라는 이름이 붙여지게 된 이야기를 읽을 수 있었습니다.

　나당 연합군에게 백제가 멸망하고 사비성이 함락될 때 3천의 궁녀가 슬퍼하며 적군의 손에 죽을 바에야 스스로 깨끗하게 죽겠다고 하여 치마를 뒤집어쓰고 절벽 아래로 몸을 던졌다고 합니다. 그리고 후에 그들을 꽃에 비유하여 바위에 낙화암이란 이름이 붙여졌습니다.

　그 전설을 읽고 쓴 시가 〈낙화암〉입니다. 궁녀들이 절벽에서 뛰어내릴 때 수많은 꿈과 소망들도 그들과 함께 물에 잠겨 버렸을 것이라고 생각하면 안타까운 마음이 듭니다. 만약 벼랑 끝에 내몰린 상황에 처해 있다면 무거운 꽃잎이 되어 떨어지는 대신 민들레의 가벼운 홀씨가 되어 바람에 날려 곳곳에 민들레 꽃을 피울 수 있으면 좋겠습니다.

안정

차분한 검은 머리와 온화한 깊은 눈동자
청보랏빛 꽃이 떠오른 창백한 두 뺨에
그녀의 입술 끝자락이 대롱 매달려 있네

추억 속에 깃든 어미의 품도 잊을 만큼
편안한 미소로 그녀가 포근히 안아 줄 때
고독하고 불안한 자에게는 깊은 평안을
생각이 멈춰 좌절한 자에게는 창의성을
언젠가 모험을 떠나는 자에게는 용기를

좌절한 자를 격려로 일으켜 세워 주면서
때가 오면 기꺼이 안녕을 빌어 주는그녀는
멀리 떠나는 젊은 인생의 여행자들에게
자신을 잊지 말아 달라 조용히 속삭이네

겨울밤

광활한 겨울 밤하늘을 올려다 보면
그것은 마치 공허한 내 맘과 같고
쓸쓸한 달은 홀로 하늘을 떠다닌다

외로운 달에게 우정을 부탁할 때에
이슥한 어둠이 제 영역을 넓힐수록
하나둘 별들은 자신의 빛을 뽐내고
헐벗은 앙상한 나뭇가지들 사이로
달빛과 별빛은 내 곁에 함께 머문다

전부가 차갑게 가라앉은 밤이지만
내 마음은 따뜻하게 부풀어 오르고
싸늘한 바람 한 조각조차 닿지 않는
먼 곳 망망한 우주의 별님 달님은
내 마음 한 칸을 그저 설레게 한다

매일 오는 밤과 가끔 오는 겨울과
언제 올지 모르는 내 그리운 님
내 님이 찾아 줄 그날이 오기까지
내 소망은 눈처럼 하얗게 되고
내 기대는 어둔 밤처럼 깊어진다

비 오는 날

창문을 두드리는 빗방울 소리가
따스한 내 방 안에 가득 울린다

슬픈 잿빛 구름이 눈물을 쏟으며
자신을 봐 달라고 창문을 노크한다

내가 해 줄 수 있는 것이 없어서
그의 눈물 맺힌 차가운 창유리만
미안한 마음에 손으로 쓸어 본다

엉뚱한 나무

여름에 햇살이 뜨겁게 쪼아 대고
해님이 후끈한 입김을 내뿜으면
나는 나뭇잎 옷을 껴입어야지
더 더울수록 더 많이 껴입어야지

겨울에 눈꽃이 피부를 찔러 대고
매서운 바람이 할퀴고 지나가면
나는 나뭇잎 옷을 벗어 내야지
더 추울수록 더 많이 벗어 내야지

누군가 나를 보며 엉뚱하다면
말없이 슬쩍 미소만 보여 줘야지

여름에 내 그림자 밑에서 쉬어가는
노인의 웃어 생기는 눈주름이
내게는 시원한 달리는 바람이고

겨울에 내 언 가지 사이의 햇살로
아이의 웃음과 함께 부푼 두 볼이
내게는 귀하고 따뜻한 손난로인 걸

밤을 먹는 소년

마루에 걸터앉아 밤을 까먹자
하나씩 까먹으며 밤도 깨우자
깜깜한 밤하늘이 얼른 깨이길
혼자서 기다리며 얼른 까먹자

밤을 먹으면 하나둘 없어지고
밤을 깨우면 조금씩 밝아진다

군밤도 까먹고 긴 밤도 깨우면
해님은 어느새 고개를 내민다
이렇게 많이 밤을 먹었었던가?
이렇게 오래 밤을 지새웠던가?

풋사과

상큼한 푸른빛을 띠는 너는 풋사과
촉촉한 물기를 머금은 순수한 미소가
너의 싱그러움을 맘껏 뽐내고 있구나

다가오는 여름의 뜨거워지는 태양을
눈과 귀로 경험하고 몸으로 느끼면서
오늘의 설익은 모습들을 극복해 내면
너의 푸른빛은 조금 더 짙어질 거야

덜 익어도 좋아 아직 시어도 괜찮아
언젠가 네가 성숙해져서 붉게 변해도
너는 계속 말갛게 빛이 날 것이고
나는 너의 풋풋한 시절을 기억해 낼게

나는 작아서 좋아

작은 아이 중 가장 작은 아이가 말했다.
"나는 작아서 좋아. 세상에서 나를 빼면
내가 보고 느끼는 세상은 더 커지는 걸.

열 걸음 걸으면 끝나는 너의 무대가
내게는 스무 걸음의 무대가 될 거야.
춤추다가 실수해도 떨어질 일 없는
아주 넓은 무대가 될 거야.

몸을 한 번만 뒤집을 수 있는 침대가
내게는 한 나라 왕의 침대가 될 거야.
큰 침대 위에서 팔다리 쭉 뻗고 자는
위대한 왕이 되어볼 거야.

커다란 너에게는 시시한 숨바꼭질이
내게는 스릴 가득한 비밀 임무가 되고
나는 어디서든지 몸을 숨길 수 있는
뛰어난 최고 비밀 요원이 될 거야.

내가 작기 때문에, 아주 작기 때문에
나를 안아 주는 예수님의 따뜻한 품이
내게는 누구에게보다 넓은 품이 되고
그 품에서 가장 자랑스럽게 될 거야."

잠이 안 오는 날

잠자려고 누우면
한 방울 두 방울씩
거품마냥 떠오르는
크고 작은 생각들

머리가 생각들을
자꾸 자꾸 먹어서
잠을 잘 수가 없어

머리가 과식했나 봐
잠이 안 오는 오늘밤
머릿속의 배는 볼록

시곗바늘

평생 달리고 또 달리고 같은 곳을 돌고 또 도는
우리의 불쌍한 시곗바늘 이야기를 들어 보세요

어지러움 느낄 새도 없이 언제는 "느리게 가라"
또 언제는 "빠르게 가라" 하는 사람의 변덕에
불만을 품어도 그에게 허락된 유일한 반항은
한순간의 속 시원한 고함을 지르는 것뿐이죠

또 그 특권마저 소수의 알람 시계만의 것이라
나머지 시계들은 모두 외면당한 찬밥신세네요

언제나 사람들 곁에서 불만의 시선을 받고도
애정 어린 눈길은 못 받는 쓸쓸한 존재랍니다

조금 앞서거나 조금 뒤처진다고 혼내지 말아요
시곗바늘의 작은 반항은 너그러이 눈감아 주어요
만약 많이 반항하면 그때만 살짝 꼬집어 주세요

기발한 생각

들뜬 마음이 구름처럼 떠오르려 하지만
몸이 마음을 무겁게 아래로 끌어내린다

높은 하늘을 신이 나게 날아다니고 싶어도
두 발은 단단한 땅 위에서 꼼짝도 않는다

벅찬 마음 따라 날고 싶어도 날 수 없어서
대신 하늘 품은 바다에 몸을 담가 본다

내 몸은 깊은 바다 위에 두둥실 떠 있지만
내 맘은 높은 하늘 구름 사이를 날아다닌다

천국 멋쟁이

이 땅 위에서 흘렸던 눈물방울들로
한두 알씩 꿴 어여쁜 구슬 목걸이

땀방울들도 하나하나 보석 되어서
멋들어진 왕관에 콕콕콕 박혀 있지

노래했던 찬양의 음표들 모두 모여
화려한 망토 끝에 신나게 대롱대롱

좁은 길에서 만났던 들꽃 꽃잎들로
한 장 한 장 엮은 우아한 치마까지!

천국에는 너도 나도 모두들 멋쟁이
그곳에도 과연 사진기가 있을까요?

Holy City

Let us meet in the Holy City soon.

Where we need not the sun or the moon.

There will be no more death or pain,

And no more liar or Cain.

Let us meet in the Holy City soon,

Where we wear new ones and leave the cocoon

Of old ones that will be gone someday,

And angels of the heaven sing everyday.

거룩한 성

해나 달이 필요 없고
죽음이나 고통이 없고
거짓이나 살인이 없는
거룩한 성에서 우리 곧 만나자

언젠가 사라질 껍질을 벗고
영원한 새 옷을 입게 되는
하늘의 천사들이 노래하는
거룩한 성에서 우리 곧 만나자

둥근 지구는 방울

지구는 동그란 쇠붙이 방울
평생 소란스레 댕댕거리는
쇠 방울은 왁자지껄한 지구

지구는 무지갯빛 비눗방울
반짝거리며 공중을 누비는
하늘의 방울은 우주의 지구

지구는 예수님의 눈물방울
인류 구원을 위해 흘리셨던
온 세상이 담긴 위대한 방울

심심할 틈 없이 소란스럽고
지겨울 틈 없이 오색찬란한
말썽쟁이 지구를 품으셨던
둥근 마음을 가지신 예수님

사랑

하트

하트는 왜 머리가 두 개야?
두 사람이 같이 사랑을 하기 때문이야

하트는 왜 꼬리가 하나야?
사랑을 하면 하나가 되기 때문이야

사랑하는 두 사람이 서로를 안아 주면
하나가 될 수 있어

하얀 맹세

모두들 숨죽이고 귀를 기울일 때
아름다운 음악 소리 하얀 공간에 울려 퍼진다
모두들 숨죽이고 앞을 바라볼 때
흑과 백이 만남으로 사랑의 수갑이 채워진다

빛나는 하얀 꽃가람 위에서 이뤄지는
평생 함께할 거라는 순결하고 깨끗한 약속
모두들 숨죽이고 눈을 고정할 때
가장 아름답고 순결한 하얀 맹세가 이뤄진다

너를 위한 꽃다발

코스모스 한가득 손에 안고
그 중심에 너를 닮은 꽃무릇
한 송이를 살짝 꽂을 거야

큰 키와 풍성한 파마머리
긴 속눈썹과 발그레한 볼
너를 닮은 꽃무릇 한 송이

코스모스는 내 마음의 우주
그 중심에 너라는 꽃무릇

소박하지만 예쁜 이 꽃다발처럼
이 세상에 너와 나 둘만 있듯이
소박하고도 예쁘게 사랑해 보자

바쁜 하루

오늘은 설렐 일이 많아서
바쁜 하루일거야

'내 머릿속'이라는 영화관에서
'네 미소'라는 영화를 본 뒤에

'내 귓속'이라는 라디오를 통해
'네 목소리'라는 음악을 들으면

'내 마음속'이라는 공원에서는
너와 함께 신나게 뛰놀아야지

그래서 너만 생각하면
심장이 하루 종일 쿵쾅 쿵쾅

131

바위 같은 마음

내 마음은 큰 바위 같아서
한 곳에서 꿈쩍도 안 하고
건드려도 요지부동이지요

하지만 단단하고 차가워 보여도
모래 같은 마음보단 낫지 않나요?

모래 위 쉽게 새겨진 이름은
발에 한 번 밟히고 파도가 한 번 휩쓸면
사라져 버리는 그런 이름이 되겠지만

바위는 자신 위에 새겨진 이름은
그가 부서질 때까지 영원히 품고 간답니다

매일 나를 만나러 와서 사랑의 말을 해 주어
바위 같은 마음에 당신의 이름을 새겨 주세요

오랜 시간이 지나도 절대 잊지 않도록
아주 깊게 새겨 주세요

종이비행기

종이 위에 정성스럽게 멋진 사랑의 글을 적고
그것을 접어 만든 비행기를 너에게 날려 봤지만
비행기의 뾰족한 코는 너를 찔러 아프게만 했지

그런 사랑의 표현이 널 아프게 하는지도 모르고
나는 계속 너에게 사랑의 종이비행기를 날렸지

네가 종이를 펼쳐 안에 있는 글을 읽기 원했지만
화가 난 너는 그곳을 떠났고 네가 있던 자리에는
가여운 종이비행기들만 한가득 쌓이게 되었지

만약 네가 다시 돌아와 나의 너가 되어 준다면
그때는 말없이 종이비행기를 접어 날리는 대신
직접 다가가서 사랑의 말을 속삭여 주고 싶어

나의 서툰 사랑의 표현으로 맘 아파했던 너에게
최고로 멋진 사랑의 말로 너를 기쁘게 하고 싶어

사랑을 표현하는 것은 아름다운 것이고 그 방법은 매우 다양합니다. 하지만 잘못된 방법으로 사랑을 표현한다면 오히려 상대방에게 상처를 줄 수도 있습니다. 서투른 사랑의 표현을 수없이 해 왔던 과거를 떠올리면 부끄러워지고 이기적인 사랑으로 인해 상처를 입었던 사람들을 생각하면 미안한 마음이 듭니다.

　내가 날린 사랑의 종이비행기가 가족과 친구에게 그저 뾰족한 가시가 된 것은 아닌지 생각해 봅니다. 그리고 아직도 많이 부족하지만 사랑하는 사람들에게 지혜롭게 사랑을 표현하는 더 성숙한 내가 되도록 노력해 봅니다.

후회

이미 쏟은 물을
다시 담을 수 있을까

이미 찢은 종이를
다시 붙일 수 있을까

이미 꺾은 꽃을
다시 살릴 수 있을까

이미 칠한 물감을
다시 지울 수 있을까

그대의 연약한 마음에
이미 준 상처를
다시 낫게 할 수 있을까

Unconsciousness

Unconsciousness, she is another me.
She leads me to him without my will.
But I refuse to walk with her till
She protests my dishonesty.

She moves my eyes to see
His visage bringing the chill,
And makes me flounder in thrill
That I can never forget or flee.

Love, my lips and words deny,
But she valiantly comes to reveal.
I constantly attempt to conceal,
But she doesn't show me mercy.

She doesn't have mercy or compasion,
But she is in honest and well aware.
My mind would suffer no more
If I dared to be in love confession.

무의식

무의식, 그녀는 또 다른 나다
내 의지와 달리 나를 그에게 이끌지만
그녀가 내 부정직함을 지적할 때까지
나는 그녀와 함께 걷기를 거부한다

상큼함을 실어 오는 그의 얼굴을
그녀는 내 눈을 움직여 보게 한다
그리고 잊지도 도망치지도 못하는
설렘 속에서 나를 버둥거리게 한다

사랑, 내 입술과 말은 거부하지만
그녀는 과감히 폭로해 버린다
나는 끊임없이 감추려고 노력해 보지만
그녀는 내게 자비를 보여 주지 않는다

그녀는 자비와 동정심이 없지만
동시에 솔직하고 지혜롭다
내가 사랑을 고백할 용기가 있다면
내 마음은 더 이상 괴롭지 않으리라

142

사탕 바구니

나는 예쁘게 포장된 사탕들이 가득한 사탕 바구니

딸기 그림이 그려진 포장지로 감싸인 사탕도 있고
홍삼 그림이 그려진 포장지로 감싸인 사탕도 있고
레몬 그림이 그려진 포장지로 감싸인 사탕도 있어

하지만 포장지를 벗겨 입 안에서 사탕을 굴려 보면
모두 다 잊을 수 없는 황홀한 사랑맛 사탕일 거야

기분 좋게 달콤한 딸기맛도 아니고
맛이 없게 쓰디쓴 홍삼맛도 아니고
시큼함이 가득한 레몬맛도 아니야

이 사탕을 먹어도, 저 사탕을 맛봐도
결국엔 모두 다 사랑맛 사탕일 거야

딸기맛처럼 즐겁게 해 줄 때도 있고
홍삼맛처럼 화가 나게 할 때도 있고
레몬맛처럼 언짢게 할 때도 있겠지만
결국에는 널 사랑하는 마음만 남아 있는걸

포장이 예쁘지 않아도 맛있는 사탕들처럼
내 사랑의 표현이 한결같이 예쁘진 않아도
안에 담긴 사랑은 항상 최고로 맛있을 거야

눈동자

내 눈동자 속에 우주도 담을 수 있지만
내 마음속이 그대로 넘치게 차 있기에
내 눈동자는 오직 그대만 담아냅니다

그대와 마주앉아 그대의 눈동자를 보면
그대의 눈동자에 비친 내 모습이 보이는데
그대의 눈동자가 나로 넘치게 차 있듯이
그대의 마음도 나로 가득하길 바랍니다

내 눈동자 속에 가득 찬 그대의 영상을
눈물과 함께 이제는 흘려보내려고 하지만
눈물과 함께 떠내려간 그대를 잊고 싶어도
내 눈빛과 낯빛은 잊을 수 없다고 합니다

나무의 사랑

나무가 잎을 하나씩 떨구며 중얼거렸다
"나를 좋아할까, 좋아하지 않을까?"

보답받지 못하는 사랑을 이제는 잊고 싶어
그 마음을 나뭇잎과 같이 떨구려 했지만
바닥에 수북이 그의 잎들이 쌓여 갈수록
사랑의 미련도 그의 마음에 쌓여만 갔다

겨울이 와서 모든 나뭇잎을 떨구었을 때
나무가 그의 사랑을 포기하려고 했을 때
가지에 봄의 새싹이 돋아나기 시작했다
나무에게 새로운 사랑이 찾아왔나 보다

모랫길과 바다

파란 하늘 아래 황금빛 모래와 푸른 바다
당신이 모랫길이라면 저는 바다가 되고 싶어요

모랫길 옆에 어우러져 바다가 펼쳐진 것처럼
그대의 눈에 보이는 곳에 항상 머물고 싶어요

사람들이 당신의 마음에 발자국을 남기면
파도를 보내 그 상처와 흔적을 지워 주고 싶어요

어둔 밤에 당신이 홀로 외로움을 느낄 때는
시원한 파도소리로 그대에게 속삭여 주고 싶어요

모래와 바다가 함께 어우러져 창조된 것처럼
저는 그대의 영원한 반쪽친구가 되어 주고 싶어요

친구야

친구야, 네가 멀리 가고 싶어지면
나는 구름이 되어 함께 있어 주고
친구야, 네가 화를 내고 싶어지면
나는 바람이 되어 너를 달래 줄게

친구야, 네가 슬퍼 울고 싶어지면
나는 봄비가 되어 함께 울어 주고
친구야, 네가 기뻐 웃고 싶어지면
나는 햇빛이 되어 함께 웃어 줄게

사랑하는 나의 아름다운 친구야,
겨울이 되어도 새봄이 다시 돌아오듯
사랑하는 나의 아름다운 친구야,
여울진 날에도 벗으로 남아있어 주길

내 편

외로울 때 내 맘 달래 주는 참새 소리
작은 몸에서 우러나오는 그 깜찍한 소리는 내 편

지루할 때 경험 밖 미지의 세상으로
날 이끌어 낸 책 한 권의 그 짜릿한 스릴도 내 편

우울할 때 삼켰었던 초콜릿 한 조각
혀 안쪽에서 서서히 녹아드는 그 달콤함도 내 편

청아할 때 아껴 두었던 옷 꺼내 입고
해의 따스한 미소에서 느끼는 그 포근함도 내 편

변함없이 곁에서 함께해 주는 당신이
내게 주는 깊은 사랑의 감정은 그래도 제일 내 편

어머니의 기다림

갓난아기가 빛을 볼 때까지
어머니는 몸으로 품고 기다리며

아기가 말을 시작할 때까지
어머니는 같이 옹알이하고 기다리며

아이가 걷기 시작할 때까지
어머니는 옆에서 지키고 기다리며

자녀가 밤늦게 귀가할 때까지
어머니는 시계를 바라보고 기다리며

자식이 결혼 후 찾아올 때까지
어머니는 맛있는 반찬을 만들고 기다린다

어머니의 사랑은 기다림의 꽃망울이 되고
어머니의 기다림은 사랑의 꽃으로 터진다

아버지의 별

아버지의 검은 눈동자와
까만 머리카락은 깊은 밤하늘

그의 다부진 턱을 따라서
흘러내린 눈물과 땀방울은
떨어지는 별똥별과 같다

내 소원들을 이루어 주겠다고
아까운 별들을 떨구시는 아버지

새벽녘의 해가 밤을 밀어내듯이
아버지의 눈동자가 흐려지고
아버지의 머리도 하얗게 되면

어둠을 씻어 낸 아침 하늘에
더 이상 보이지 않는 별처럼
아버지의 눈물과 땀방울도
더 이상 흘러내리지 않으리라

기억 보내기

새로운 기억들이 금방 흐려져 간다 해도 걱정하지 마렴
가까이 온 천국으로 하나둘씩 미리 보내고 있는 거란다

너와 함께하는 모든 순간들이 갈수록 점점 더 좋아져서
그 좋은 기억들을 먼저 하나둘씩 하늘로 보내는 거란다

그 사랑스런 모든 기억들이 하늘나라로 먼저 가 있어서
나를 기쁘게 맞이하면 그곳에서도 외롭지 않을 테니까

〈기억 보내기〉는 알츠하이머에 걸리신 친할머니를 생각하
며 쓴 시입니다. 알츠하이머에 걸리면 최근 기억부터 서서히
사라진다고 합니다. 가족들과 새로운 추억을 만들어도 금방
잊어버리게 만드는 병이지만 할머니가 그 추억들을 편지 봉
투에 곱게 담아 천국으로 미리 보내고 있는 것이라고 생각해
봅니다.

  알츠하이머에 걸리신 지 오래되었기 때문에 이제는 가족
들 이름도 불러 주시지 못하고 있지만 자녀와 손주들이 한 번
씩 찾아뵈는 기억들도 천국으로 미리 가 있다고 생각해 봅니
다. 나중에 천국에서 할머니와 재회한다면 모아 두었던 편지
들을 하나씩 뜯어 안에 있는 추억들을 온 가족과 함께 읽으며
웃고 떠들고 싶습니다.

사랑은 계속 고픈 것이라

뱃속의 나비가 폴폴 날아다니는
천 번 만 번 사랑의 말을 해도
한달음 시간 뒤 손에 남는 것은
읽는 이에게 미소를 짓게 하는
곱디고운 사랑편지 한 장이겠죠

하지만 펜으로만 써 내려가기에
부족한 맘인 줄 미리 알았다면
만 번 이상 고백도 했을 텐데
지금은 과거의 수줍음에 대한
후회와 아쉬움도 함께 남기죠

이래도 저래도 사랑은 계속 고픈 것이라
주어도 주어도 사랑은 항상 부족하지만

사랑은 바다보다 넓고 우주별보다 많은
고운 마음들에 얌전하게 담겨있는 걸요
걱정하지 말고 마음껏 사랑을 원하고
아껴 쓰지 말고 힘써서 사랑을 주세요

순수하고 해맑은 웃음으로 기쁨을 선사하는
어린아이 같은
그런 사람이 되었으면

멀리서 보기

초판 1쇄 발행 | 2022년 8월 10일

시·그림 | 이한나

편집디자인 | 이한나

제작·인쇄 | 넓은마음(www.broadmind.co.kr)

펴낸 곳 | 미션퍼블릭(www.john316.or.kr)

등록 | 2006년 8월 21일(제381-2006-000055호)

주소 | 경기도 성남시 분당구 수내로 181 우방종합상가 B1 전층

전화 | 031-704-4391

팩스 | 031-704-4392

ISBN 978-89-958543-6-5